MERLIN

TOME 1 . LA COLÈRE D'AHÈS

Scénario

Jean-Luc ISTIN

Dessin

Éric LAMBERT

Couleurs

Bruno STAMBECCO

soleil

...AVALON...
...CE NOM SONNE COMME L'ÉCHO D'UN LOINTAIN PASSÉ ! UNE ÉPOQUE OÙ VOUS, PETIT PEUPLE DE MAGIE, CHUCHOTIEZ, BLOTTI ENTRE CAMPANULES ET PERCE-LIÈVRES ! VOTRE SOUVENIR CARESSE MA MÉMOIRE... ET AU TRAVERS DES BRUMES DE MON GRAND ÂGE, CES PARCELLES D'AUTRES TEMPS REDEVIENNENT LIMPIDES !
ÂME DU MONDE...
...QUE L'ÂME DU MONDE ME VIENNE EN AIDE À L'INSTANT OÙ LES LARMES OBSCURCIRONT MA VUE !
ET MAINTENANT...
...QUE RENAISSENT LES LÉGENDES !

AU COMMENCEMENT...
...CAR IL FAUT BIEN UN COMMENCEMENT...
...N'EST-CE PAS ?
ALORS QUE NOS FORÊTS ABRITAIENT NOMBRE DE GÉNÉRATIONS FÉERIQUES, LUCIFER CHUTAIT ENCORE ET ENCORE AU TRAVERS DE TÉNÈBRES SANS FIN ! L'ÉMERAUDE QUI ORNAIT SON FRONT SE DÉTACHA ET TOMBA SUR TERRE...
...LÀ, SEPT FRÈRES, SEPT FIDÈLES DE DIEU, PARTIRENT À SA RECHERCHE, GUIDÉS PAR LA LUMIÈRE...
...UNE LUMIÈRE COMME PEU DE REGARDS EN CONTEMPLÈRENT !

UNE LUMIÈRE DANS LAQUELLE ILS DÉCHIFFRÈRENT L'AVENIR DE CE MONDE !
L'AÎNÉ, AIDÉ DE SES CINQ CADETS, PARCOURUT LES CONTINENTS, PROPHÉTISANT LA VENUE DU FILS DE L'HOMME. LE PLUS JEUNE RESTA ET DEVINT LE GARDIEN DE L'ÉMERAUDE.
GRÂCE À L'ÉTENDUE DE SON SAVOIR, IL PARVINT À EN EXTRAIRE LE CŒUR. L'ESSENCE...
ET BIENTÔT LA MERVEILLEUSE GEMME, CONVOITÉE PAR LES MAUDITS, DUT ÊTRE EMPORTÉE JUSQU'À JÉRUSALEM !

CERTES ! L'HISTOIRE DE L'ÉMERAUDE PARCOURT LES SIÈCLES, ET IL EN FAUDRAIT, Ô MES AMIS, POUR TOUT VOUS CONTER...
...APPRENEZ TOUTEFOIS QUE C'EST ENTRE LES MAINS DE SIMON LE LÉPREUX QU'ELLE DEVINT UNE COUPE...
...DONT LE CHRIST SE SERVIT LORS DU RITUEL DE LA COMMUNION...
SACHEZ ÉGALEMENT QUE JOSEPH D'ARIMATHIE, PEU APRÈS LA CRUCIFIXION, EMPORTA LE CORPS DU FILS DE DIEU POUR LUI DONNER UNE SÉPULTURE.
MAIS LORSQU'IL RESSUSCITA, ON ACCUSA JOSEPH D'AVOIR FAIT DISPARAÎTRE LE CORPS DE JÉSUS...

...ON L'EMPRISONNA AU FIN FOND D'UNE TOUR SANS FENÊTRE !...
ALORS QU'IL ÉTAIT PLONGÉ DANS LES TÉNÈBRES ET LA SOLITUDE, UNE DOUCE CHALEUR LUMINEUSE LE TIRA DE SES SONGES.
...UNE VOIX LUI PARLA...
QUI ÊTES-VOUS ?!
JE SUIS L'AGNEAU DE DIEU ! CELUI POUR QUI TU SOUFFRES !
LE CHRIST LUI TENDIT LA COUPE...
DÉSORMAIS TU ES SON GARDIEN ! SACHE QU'ELLE CONSOLE, GUÉRIT ET RASSASIE CEUX QUI LA CONTEMPLENT !
DONNE-LUI LE NOM DE GRAAL !!!

LIBÉRÉ, JOSEPH PARTIT VERS L'OCCIDENT, SUIVANT LES SIGNES DU CHRIST LUI-MÊME...
CROOAAAAAAA
IL CHERCHAIT LES LIMITES DU MONDE... L'ENDROIT OÙ SE COUCHE LE SOLEIL.
IL CHERCHAIT AVALON...

MERLIN

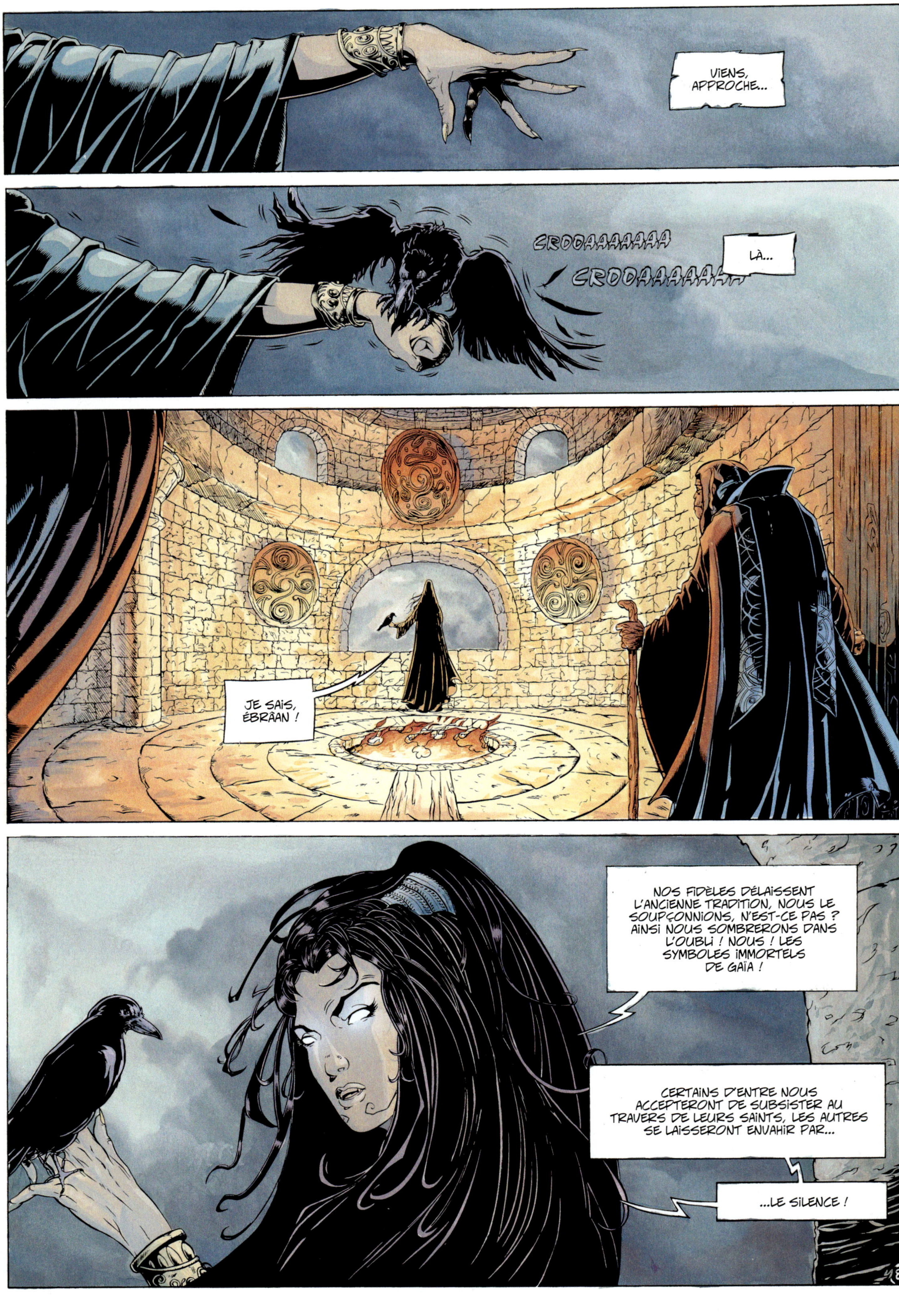
VIENS, APPROCHE...
CROOAAAAAAA
CROOAAAAAAAA
LÀ...
JE SAIS, ÉBRÂAN !
NOS FIDÈLES DÉLAISSENT L'ANCIENNE TRADITION, NOUS LE SOUPÇONNIONS, N'EST-CE PAS ? AINSI NOUS SOMBRERONS DANS L'OUBLI ! NOUS ! LES SYMBOLES IMMORTELS DE GAÏA !
CERTAINS D'ENTRE NOUS ACCEPTERONT DE SUBSISTER AU TRAVERS DE LEURS SAINTS, LES AUTRES SE LAISSERONT ENVAHIR PAR...
...LE SILENCE !

LES MOTS DE NOTRE AMI AILÉ SONT TRANSPARENTS. LA COUPE D'ABONDANCE EST PROCHE !
SA VENUE SUR NOS TERRES SIGNE LE COMMENCEMENT DE NOTRE FIN ! QU'EN PENSES-TU ?
J'AI MÉDITÉ LONGUEMENT. DE MÊME QUE LE NAZARÉEN EST NÉ ET A SEMÉ UNE GRAND CONFUSION PARMI NOS DISCIPLES, DE MÊME IL NOUS FAUT UN SAUVEUR !
JE VOIS !
UN ÊTRE, FRUIT DE L'UNION D'UNE FEMME ET D'UN ESPRIT DES AIRS !
DÉESSE, NOUS PRÉCONISONS UNE VIERGE !
ES-TU CERTAIN QUE CELA SOIT UN BON CHOIX ?
NOTRE SAUVEUR DEVRA ÊTRE À MOITIÉ DES LEURS : LA VIRGINITÉ EST SOURCE DE RESPECT !
JE CONNAIS LES HUMAINS, ÉBRÂAN ! UNE FOIS L'ENFANT NÉ, ILS NE CROIRONT PAS À LA VIRGINITÉ DE LA MÈRE !
ILS L'ONT POURTANT DÉJÀ ADMISE UNE FOIS. ET PUIS, L'ENFANT SAURA DISCULPER SA MÈRE !

SES POUVOIRS SERONT INNÉS. IL POSSÈDERA UNE INTELLIGENCE HORS DU COMMUN. TEL IL NAITRA...
BIEN !
NOUS SOMMES PERDUS DANS LE PASSÉ !
NOTRE SAUVEUR NOUS PERMETTRA DE PERCEVOIR L'AVENIR !
ELAÜM !!! ESPRIT DES AIRS ! MAÎTRE DES SYKPHES ! DÉLAISSE LA FORÊT, SORS DU LABYRINHE DES ORCHIDÉES ! VIENS À MOI !
TU M'AS APPELÉ ? ME VOICI, AHÈS !
PARLE ! JE T'ÉCOUTE !

IL SEMBLERAIT QUE TON DÉSIR DES FEMMES NOUS SERVE DE NOUVEAU !
ORDONNE ! JE T'OBÉIRAI !
TROUVE LA FEMME DE BRETAGNE LA PLUS PURE, LA PLUS ANGÉLIQUE... CHARME-LA, INSPIRE-LA... INSUFFLE-LUI TON DÉSIR ET... AIME-LA !
OUI... AIME-LA JUSQU'À CE QU'ELLE PORTE UN ENFANT DE TOI !
CECI EST MA VOLONTÉ
JE VOUS ENTENDS !
JE LA TROUVERAI...

TROUVER CETTE FEMME SI PIEUSE, SI DOUCE, NE FUT PAS CHOSE AISÉE !
DEUX CENTS GRAINS S'ÉCOULÈRENT DANS LE SABLIER SACRÉ DE LYR AVANT QU' ELAÜM NE PARVIENNE AU TERME DE SA QUÊTE...
...EN CE PAYS QUI SE NOMME AUJOURD'HUI CARTATHEN. L'ÉLVE TENTAIT D'ÉCHAPPER À L'INFLUENCE NÉFASTE DE SA SOEUR AÎNÉE !
TOC
TOC
TOC
SOEURETTE CHÉRIE !!! OUUUVRE-MOOiii !
VA-TEN !!! TU N'AS RIEN À FAIRE ICI !
VOYONS ! TU NE ME LAISSERAIS PAS À LA PORTE SI TARD LE SOIR ?!
LA NUIT EST SI... GLACIALE ! Ô SOEURETTE, UN PEU DE CHARITÉ CHRÉTIENNE, QUE DIABLE !
T'ES UN AMOUR, SOEURETTE !! UN PEU LONGUETTE, MAIS TU NOUS OUVRES !
NOUS ?!...

HÉ ! HÉ ! HÉ !
BIEN SÛR, NOUS !
TU NE PENSAIS TOUT DE MÊME PAS QUE JE M'AVENTURERAIS SEULE LA NUIT DANS CES BOIS ?!
GNAK ! GNAK !
IL ME FALLAIT UNE ESCORTE DIGNE DE MON RANG !
UNE ESCORTE, ÇA ?!
TU NE MANQUES PAS D'AIR !
MMM... PAS MAL, LA FRANGINE !
UN PEU COCHON SAUVAGE, MAIS LA PÉTRIR DEVRAIT L'EMMOUILLER AUSSITÔT !
BAS LES PATTES !
SORTEZ D'ICI TOUT DE SUITE !
LAISSEZ ! PUISQU'ELLE NE VEUT PAS, VENEZ PLUTÔT VOIR DU CÔTÉ DE TANTINE, MES CHÉRIS ! LE SPECTACLE AIGUISERA SON DÉSIR !
LAISSE-TOI ALLER, MA BELLE GARGOUILLE !
OUIII !!
IDIOTE ! TU ME FAIS HONTE ! QUE VA-T-ON PENSER DE MOI SI ON APPREND QUE JE T'AI OUVERT MA PORTE ?
MA PORTE !!! MA PORTE !!! CETTE MAISON EST AUSSI MIENNE QUE TIENNE ! ELLE M'APPARTIENT DE PLEIN DROIT DE PAR NOTRE PÈRE !!! ET J'ENTENDS EN JOUIR POUR MES PROPRES DISTRACTIONS !
CETTE FOIS, C'EN EST ASSEZ !
MAËLLE ! NOON !!
TIENS ! PÉTRIS ÇA, TOI !
KLANG !!

TU ES DEVENUE FOLLE !
C'EST PROBABLE, OUI !
C'EST BON, ON S'EN VA !
MAINTENANT, PARTEZ ! JE SENS UNE NOUVELLE VAGUE DE FOLIE DÉFERLER EN MOI !!
TRAÎNÉE !
PUCELLE !
TAPI AU MILIEU DES CHAMPS NOCTURNES, ELAÜM OBSERVAIT LA JEUNE FEMME : PLUS ENCORE, IL LA CONTEMPLAIT...
IL SAVAIT DÉSORMAIS QUE RIEN NE SAURAIT ENTACHER SA RÉPUTATION. DU MOINS, RIEN QU'ELLE NE SOUHAITE VRAIMENT.
IL NE LUI SUBSISTAIT QU'UN UNIQUE TERRITOIRE DE CONQUÊTE ! UNIQUE MAIS INFINI. CE LIEU ABYSSAL QUI EST NÔTRE AUJOURD'HUI ! MAIS OUI, MES BONS AMIS, JE PARLE DU RÊVE...
...LE RÊVE N'OBÉIT-IL PAS AUX DÉSIRS SECRETS DU CORPS ?
ET SON CORPS, MÊME SI ELLE L'IGNORAIT...
...OUI... SON CORPS DÉSIRAIT ARDEMMENT UN CONTACT CHARNEL !

MAIS DU PAYS DES SONGES, ELLE RAMENA LE SOUVENIR...
...ET LE GOÛT AMER DE LA TRAHISON, CELLE DE SON PROPRE CORPS...
...ELLE SE SENTAIT SALIE !
SI SALE QU'ELLE NE PUT LE GARDER POUR ELLE...
SA SŒUR OFFRAIT SON CORPS AUX CHARPENTIERS DU COIN ! SA MÈRE COMPLOTAIT AVEC LES DÉMONS, SON PÈRE AVAIT FAILLI, LUI AUSSI ! ELLE ÉTAIT LE DERNIER ESPOIR D'UNE LIGNÉE PERDUE !
CHLANK !!
CHLANK!!
CHLANK!!
PÈRE BLAISE !
OH, PÈRE BLAISE !!

MAËLLE ! MAIS DANS QUEL ÉTAT ES-TU ?
MM... SNIFF !! PARDONNEZ-MOI, MON PÈRE !
JE VOUS EN CONJURE, PARDONNEZ-MOI !!
TE PARDONNER ? MAIS DE QUOI, PARBLEU ?!
JE SUIS ENCEINTE, MON PÈRE !
QUE DIS-TU LÀ, PETITE GUEUSE ? AURAIS-TU COMMIS QUELQUE PÉCHÉ AVEC UN VAURIEN DES ENVIRONS ?
TA SOEUR SERAIT-ELLE PARVENUE À SES FINS ?
JAMAIS JE N'AURAIS CÉDÉ !
BIEN. ALORS TU AS SIMPLEMENT RÊVÉ !
UN RÊVE... OH ! MON PÈRE, CELA EN AVAIT LA SAVEUR. DU MOINS C'EST AINSI QUE CET ÊTRE DES BOIS A ABUSÉ DE MOI ! LORS DE MON SOMMEIL ! J'EN AI L'INTIME CONVICTION !
SORNETTES !!! UN CAUCHEMAR, JE TE DIS ! PARFOIS LE SONGE REVÊT L'APPARENCE DE LA RÉALITÉ. MAIS TU N'ES POINT GROSSE, MA FILLE !!! RASSURE-TOI !
ET SI J'ATTENDAIS RÉELLEMENT UN ENFANT ?!
JE SUIS PERDUE, MON PÈRE !
PATIENCE ! NOUS AVISERONS EN TEMPS UTILE. EN ATTENDANT, PRIE AFIN QUE LA SÉRÉNITÉ REGAGNE TON ESPRIT... ET DORS UN PEU...
DANS QUELQUES SEMAINES, SI C'EST LE CAS, PERSONNE NE SERA PLUS EN MESURE DE NIER LES FAITS !
À MON TOUR JE PRIERAI POUR TOI, MAËLLE... CAR SI TES DIRES SONT VRAIS, ALORS TU MARQUES LE DÉBUT D'UNE GRANDE LÉGENDE...
MMM...

IL NE FALLUT PAS BIEN LONGTEMPS AVANT QUE LE PRODIGE ISSU DE LA MAGIE PRENNE LA FORME D'UN VENTRE DOUX ET RONDELET...
AU PASSAGE DE MAËLLE, TOUT LE VILLAGE RÉSONNAIT DE COMMENTAIRES LOURDS ET MÉDISANTS...
REGARDEZ ! ELLE SERAIT PAS GROSSE, DES FOIS ?
ALLEZ SAVOIR ! UNE FILLE SEULE AU MILIEU DES BOIS...
MA FOI ! SON VENTRE ME PARAIT BIEN DODU !
ÇA DEVAIT ARRIVER !
LE FEU ENTRE LES JAMBES, VOILÀ CE QU'ELLES ONT TOUTES ! IL FALLAIT BIEN QUE QUELQU'UN ÉTEIGNE CE FOYER !
DU PÈRE AUCUN SIGNE, BIEN SÛR !
ELLE QUE L'ON DISAIT VERTUEUSE !
VANTARDISE, OUI !!
TOUT ÇA N'EST PAS BIEN CHRÉTIEN ! OH ÇA NON !
SŒURETTE !! TA PERFECTION VIENDRAIT-ELLE NOUS RENDRE VISITE ?
KERNAËLLE ! ÉCARTE-TOI ! NOUS N'AVONS RIEN À NOUS DIRE !
QUE RACONTES-TU LÀ ?! BIEN SÛR QUE NOUS AVONS BEAUCOUP À NOUS DIRE !! PAR EXEMPLE, PEUX-TU M'EXPLIQUER CE QUE SIGNIFIE CE TOUR DE TAILLE ?

SA SAINTETÉ EN A PRIS UN COUP, DIRAIT-ON !
UN BON COUP, MÊME !
FRIGIDE À L'EXTÉRIEUR MAIS CHAUDE À L'INTÉRIEUR ! BIENVENUE DANS LA FAMILLE, FRANGINE !
NOONN !!!
!!!!
TU VAS ME LE PAYER !!
VOUS AUTRES, SAISISSEZ-LA !
N'APPROCHEZ PAS !!
CRAAC !!
AAHH !!
IMMONDES PORCS ! DIEU VOUS PUNIRA TOUS !! AAH !!
DIEU ?!
CETTE GROGNASSE EST UN VRAI COCHON SAUVAGE ! SERREZ-LA PLUS FORT !
IL SEMBLERAIT QUE DIEU NE SOIT PAS AVEC TOI EN CE MOMENT ! IL T'A ABANDONNÉE À L'INSTANT OÙ TES CUISSES SE SONT ENTROUVERTES !!
NE TE FAIS PAS DE BILE, SOEURETTE, JE SUIS LÀ, MOI !
LAISSE-MOI VOIR MON PETIT NEVEU !
UNE CHOSE EST CERTAINE, NOBLES GENS. CECI N'EST PAS DE LA PAILLE !!
TON AVENIR N'EN EST PLUS UN ! BIENTÔT TU N'AURAS PLUS QU'UN CHOIX : MOURIR OU TE PROSTITUER !
MIEUX VAUT POUR TOI MOURIR TOUT DE SUITE !!

CRÈVE !!
PITIÉ ! NON !!
TU COMMETS UNE GROSSIÈRE ERREUR !! SOIS-EN LA VICTIME !!
MEURS !
AAAHH !!!
KERNAËLLE !!
VOILÀ QUI EST MIEUX ! DANS LA MORT, TU SERS NOS INTÉRÊTS !
VOUS AVEZ VU...
OUI...
COMMENT EST-CE POSSIBLE ?!...
C'EST DE LA MAGIE !...
KERNAËLLE... KER... !!
DE LA SORCELLERIE, OUI !!...
C'EST UNE SORCIÈRE ! BRÛLONS-LA !!
OUI, BRÛLONS-LA !
SON SANG !! SON SANG !!!
PENDONS-LA !
MAIS VOUS AVEZ TOUS VU ! JE N'AI RIEN FAIT ! CE N'EST PAS MOI !!
VLAM!!
AAAHHH !!!
SON... AOUCH !
VLAM!!

JE TROUVE CELA ASSEZ PÉNIBLE, MES ENFANTS, CETTE MANIE DE BRÛLER ET DE PENDRE !
LE CHRIST N'A-T-IL PAS DIT : QUE CELUI QUI N'A POINT PÉCHÉ ME JETTE LA PREMIÈRE PIERRE ?
MOI, JE DIS : BALANCEZ-M'EN UNE ET JE VOUS DÉCROCHE CETTE SAINTE CROIX EN PLEINE FACE !!
ALORS PEUT-ÊTRE COMPRENDREZ-VOUS CE QU'A ENDURÉ NOTRE SEIGNEUR LORSQU'IL EST MORT AFIN D'EXPIER NOS FAUTES !!!
LE PÈRE ! POURQUOI LA DÉFENDS-TU ? ELLE A TUÉ SA SOEUR PAR LE PRODIGE D'UN DÉMON ! NOUS L'AVONS TOUS VU !
À FORCE D'Y CROIRE, À CE DÉMON, ANNABELLE TAARN, TU FINIRAS PAR LUI DONNER EXISTENCE !!!
ET CET ENFANT QU'ELLE PORTE, D'OÙ VIENT-IL ? QUI EST SON PÈRE ?
SON PÈRE... JE LE CONNAIS ! IL EST UN ESPRIT DES AIRS. UN DES SUJETS DES DIEUX QUE VOUS VÉNÉRIEZ AUTREFOIS !
UN DÉMON, OUI !!! ET SI LE PÈRE DU MOUFLET N'ÉTAIT AUTRE QUE TOI ?!
VLAMM!!
D'AUTRES SUGGESTIONS DE CE GENRE ?!
POURQUOI NOMMER DÉMON UN ANCIEN DIEU ?
TOI ! UN PRÊTRE ! TU ACCEPTES L'ANCIENNE TRADITION ! DE QUEL DROIT ?
LE CHRIST ME LE PERMET ! N'EST-IL PAS TOLÉRANCE ET AMOUR ?
LE DIABLE N'A RIEN DE SEMBLABLE À UN ANCIEN DIEU ! SI VOUS CHERCHEZ UN DÉMON, TOURNEZ VOS YEUX DU CÔTÉ DE VOS COEURS !
MAËLLE A DROIT À UN JUGEMENT ! IL AURA LIEU APRÈS LA NAISSANCE DE SON ENFANT. EN ATTENDANT, ÉCARTEZ-VOUS ! FAITES PLACE !!!

COURAGE, PETITE GUEUSE ! ILS NE TE TOUCHERONT PLUS !
TU ES SOUS LA PROTECTION DE NOTRE SEIGNEUR !
NE TE RETOURNE PAS !! JE SUIS LÀ !
TU N'AS PLUS RIEN À CRAINDRE !
UN JUGEMENT ! PFFF... NOUS SOMMES TOUS TÉMOINS !
C'EST UNE SORCIÈRE ! LE PRÊTRE EST SOUS SON CHARME !!
IL FAUT LA DÉTRUIRE !
PATIENCE...
CETTE NUIT...
EFFECTIVEMENT...
À MORT LA SORCIÈRE !
BRÛLONS-LA !
...TUER...
LE VOICI, SON CERCUEIL DE FLAMMES !
LA PAILLE NOUS GARANTIRA UNE BONNE FLAMBAISON !
QUE BRÛLE LA VIPÈRE !
QUEL BEAU BRASIER !

JE N'AI PLUS DE TOIT ! PLUS DE RACINES !
TA VIE VAUT PLUS QUE CETTE MASURE, MON ENFANT !
QUANT À CES RACINES, J'AI COMME L'IDÉE QUE CET ENDROIT NE RESTERA PAS LONGTEMPS UN LIEU OÙ IL FAIT BON VIVRE !...
AFANG !!

AFANG ! LÈVE L'OCÉAN ! PROVOQUE UNE MARÉE ! QU'ELLE ANÉANTISSE CETTE VILLE DE FÉLONS !
QU'ILS RESSENTENT LE COURROUX D'AHÈS AU PLUS PROFOND DE LEUR ÂME !
MAIS ÉPARGNES-EN UN, QU'IL PUISSE RACONTER CE QU'IL A VU !!
MAINTENANT... VA !!!

OH MON DIEU !
PÈRE BLAISE, ARRÊTEZ ! JE CROIS QU'IL...
JE CROIS QU'IL VIENT !
QUOI ?...
LE BÉBÉ, PÈRE BLAISE ! JE LE SENS... IL VA NAÎTRE !!!
DÉJÀ ?!

AU MÊME MOMENT EN VILLE, ON BUVAIT ET FESTOYAIT POUR FÊTER LA "MORT" DE MAËLLE...
QU'ELLE BRÛLE EN ENFER !
AALEELA LA LA LA
C'EST SA PLACE. HÉ ! HÉ ! HÉ !
...ON DEVRAIT PAS SE MOQUER DES MORTS !
BAH ! EN ENFER ON VIT ÉTERNELLEMENT ! HA ! HA ! HA !
J'TROUVE ÇA PLUTÔT LAID ET...
...OOH ! MON DIEU !!!
SORTEZ TOUS !!!
FUYEZ !!!

MAËLLE ! C'EST ELLE QUI SE VENGE !
JÉSUS ! OH JÉSUS !
LES DIEUX SONT EN COLÈRE !
PARDONNEZ-NOUS !
POUSSE, PETITE ! POUSSE ! ALLEZ ! ALLEZ !

LA MAIN DE DIEU ! C'EST LA MAIN DE DIEU !
PARDONNEZ-NOUS NOS OFFENSES !
MON PÈRE !
J'AI MAL !

POUSSE ENCORE !
JE N'EN PEUX PLUS !...
DÉTENDS-TOI, MA FILLE !
REPRENDS TON SOUFFLE... PRÉPARE-TOI À RECOMMENCER !
ALLEZ, ALLEZ, ALLEZ !!! POUSSE ! POUSSE ENCORE ! CETTE FOIS, ON Y EST !

NOUS PAYONS !
GRAND DIEU ! QU'AVONS-NOUS FAIT ?
IL VIENT ! IL VIENT !
ENCORE UN PETIT EFFORT !
LE VOILÀ, PETITE ! TON ENFANT !! J'APERÇOIS SA TÊTE !!!
MAËLLE !!
TON FILS EST PARMI NOUS !!!
EST-IL... ?
...HUMAIN ? OUI, MA FILLE, SES EMPREINTES FÉERIQUES NE SONT QUE SPIRITUELLES !!
COMMENT VEUX-TU L'APPELER ?

MERLIN !
IL SE NOMMERA MERLIN !
OÙ ALLER ?
JE CONNAIS UN ENDROIT OÙ NOUS POURRONS ÉLEVER CET ENFANT !
NOUS ?!
CE PETIT AURA BESOIN D'UN PÈRE... SPIRITUEL TOUT DU MOINS !
QU'IL BOIVE ! NOUS PARTIRONS APRÈS !
TU AS ENTENDU ? BOIS, MON PETIT ELFE !!

...UN ANCIEN DRUIDE DEVENU PRÊTRE DE LA SAINTE CROIX... UNE VIERGE, MÈRE D'UN ENFANT ISSU DE LA FÉERIE... UNE BIEN ÉTRANGE FAMILLE EN VÉRITÉ...
...MAIS GARDEZ-VOUS DE JUGER HÂTIVEMENT...
...CAR AVEC ELLE COMMENÇAIT UNE ÉPOQUE SANS PAREILLE...
...IL PARCOURURENT LA BRETAGNE, PRENANT SOIN D'ÉVITER L'HOMME ET SES VILLES...
...BLAISE AVAIT DIT CONNAÎTRE UN ENDROIT !...
...UNE FORÊT DENSE, À DEUX JOURS DE MARCHE DE GARTH GREGGYN...
...LÀ, L'ENFANT GRANDIT VITE, TRÈS VITE ! À UN AN, IL EN PARAISSAIT DEUX...
...À DEUX ANS, IL EN PARAISSAIT QUATRE...
...IL EUT UNE ENFANCE HEUREUSE ET CHALEUREUSE...
...ENTOURÉ DES SOURIRES MATERNELS DE MAËLLE...
...DE SON INTENSE JOIE DE VIVRE...
...ET DE LA SAGESSE PATERNELLE DE BLAISE, QUI, À L'ÉCOUTE DE LA FORÊT...
...RESSENTAIT À NOUVEAU LES BIENFAITS DES FORCES NATURELLES...

PUIS MERLIN EUT CINQ ANS...
COUDRIERS, NOISETIERS, BOULEAUX, ORMES, IFS... DES VARIÉTÉS D'ARBRES, IL EN EXISTE DE MULTIPLES, MERLIN !!
REGARDE CE CHÊNE ! IL RÈGNE SUR CETTE FORÊT DEPUIS DES MILLIERS DE GÉNÉRATIONS D'HOMMES ! N'EST-IL PAS MERVEILLEUX ? TOUCHE-LE, MERLIN !
QUE RESSENS-TU ?
DIS-MOI !
LA VIE, MON PÈRE...
LA SÈVE QUI S'ÉCOULE ! UNE GRANDE, UNE TRÈS GRANDE ÉNERGIE !!
OUI ! CET ARBRE EST BON, SI TU SAIS LUI PARLER, IL TE DONNERA CETTE ÉNERGIE !!
TU SENS, MERLIN, CET ARBRE NOUS ACCEPTE ! IL NOUS FAIT DON D'HOSPITALITÉ ! SACHE QUE C'EST UN GRAND CONTEUR !!
JE SAIS, MON PÈRE ! IL M'A PARLÉ LORSQUE NOUS NOUS SOMMES APPROCHÉS !
BIEN ! C'EST QU'IL TE RECONNAÎT !
COMMENT SE PEUT-IL ?
LES ARBRES SE PARLENT ET LES DISTANCES IMPORTENT PEU ! L'UN D'ENTRE EUX A DÛ LUI PARLER DE TOI !
JE PUIS DONC LUI CONFIER UN MESSAGE, IL LE PORTERA OÙ JE LE SOUHAITE !
OUI, MAIS SEUL CELUI QUI CONNAÎT LE LANGAGE DES ARBRES POURRA COMPRENDRE TON MESSAGE !
LES DRUIDES, LE PEUPLE DES BOIS ET LES DIEUX POSSÈDENT UN TEL DON !
LÈVE-TOI, MAINTENANT ! ET SUIS-MOI !

QUEL ÂGE AVEZ-VOUS, PÈRE BLAISE ?
MON ÂGE ?! QUEL ÂGE CROIS-TU QUE J'AIE ?
VOUS SEMBLEZ AUSSI VIEUX QUE LE CHÊNE !
OUI ?! POURQUOI PAS, APRÈS TOUT !
LE TEMPS, MON CHER ENFANT... OUI, LE TEMPS A LUI AUSSI DES SECRETS !
POURQUOI VIENT-ON ICI ?
SELON TOI ?
JE NE SAIS PAS !
TU NE VOIS PAS... GRIMPE ! JE VAIS TE MONTRER !
ET LÀ, TU VOIS MIEUX ?
PAS LE MOINS DU MONDE !
EH BIEN... REGARDES-Y DE PLUS PRÈS, JEUNE GAILLARD !!
AAAAAH !!

SPLASH !!
MON PÈRE ! MON... GLURPS, PÈRE !!! AU SECOURS, JE ME NOIE !!!
PARLE PLUS FORT ! JE N'ENTENDS RIEN !
JE ME NOIE ! AIDEZ-MOI !!
MERLIN ! LA VIE A DES PROJETS POUR TOI ! NE TE DÉBATS PAS ! LAISSE-TOI GUIDER PAR LES COURANTS DE TA VIE !
MON PÈRE ! JE NE COMPRENDS PAS ! JE VOUS... EN SUPPLIE !!
...NE TE DÉBATS PAS !
LAISSE-TOI GUIDER !
ET...
IL DEVRAIT DÉJÀ ÊTRE REMONTÉ... MON DIEU ! QU'AI-JE FAIT ?
MERLIN ! TIENS BON !!!
J'ARRIVE !!

AAHHRR... DE L'AIR !
JE NE LE TROUVE PAS !
QU... ?!
MERLIN ?! CRÉNOM ! MAIS QUE FAIS-TU LÀ ?...
BAH... POURQUOI ÊTRE LE SEUL TREMPÉ, ALORS QUE L'ON POUVAIT ÊTRE DEUX ?!
SALE... HA ! HA ! HA ! SALE PETIT GARNEMENT, TU M'AS BIEN EU !
BON, DIS-MOI, AS-TU COMPRIS CE QUE CETTE ÉPREUVE SIGNIFIAIT ?
JE CROIS, OUI !
LA VIE POSSÈDE SON PROPRE RYTHME, SON PROPRE BATTEMENT ! ALLER CONTRE, C'EST RISQUER LA MORT !
OUI, C'EST À PEU PRÈS CELA.
TON AVENIR EST GRAVÉ DANS LES OGHAMS SACRÉES DU TEMPS, MERLIN ! LA NATURE TE CONNAÎT ET VOUS NE FAITES QU'UN ! SI TU NE VAS JAMAIS À SON ENCONTRE, TU POSSÉDERAS LES CHARMES POUR TOUJOURS !!
MON PÈRE... COMMENT POURRAIS-JE M'ÉCARTER DE MA NATURE ?
LA PEUR, LA HAINE, MON GARÇON ! SI TOUT À L'HEURE TU T'ÉTAIS CONTENTÉ D'AVOIR PEUR, TU SERAIS MORT, MAINTENANT ! LA PEUR ET LA HAINE FERAIENT DE TOI L'OMBRE DE TOI-MÊME !
ET ALORS LA NATURE M'ABANDONNERA, CAR JE NE SERAI PLUS À SON ÉCOUTE !
MA FOI, C'EST EXACT ! ET N'OUBLIE PAS QUE LES ENFANTS DE LA HAINE ET DE LA PEUR SONT IMPATIENCE, ÉGOÏSME, GOURMANDISE, JALOUSIE, INSOLENCE ET VANITÉ ! CES ÊTRES TE GUIDERAIENT HORS DES SENTIERS DE LA VIE ! AVANT LA MORT DU CORPS, ILS TE MÈNERAIENT À LA MORT DE L'ÂME...

NOTRE ENFANT APPREND VITE !
OUI, AHÈS !
LA MAGIE COULE DANS SES VEINES ! MAIS CE FRÈRE DRUIDE M'INQUIÈTE !
IL SEMBLE À LA FOIS SI PROCHE ET SI... ÉLOIGNÉ !
NOUS VERRONS. OUI... NOUS VERRONS !
MAMAN !!
MERLIN ?!
MAIS TU ES TREMPÉ ! QU'AS-TU FAIT ?

MON PÈRE ?
OUI, MERLIN ?
LORSQUE J'ENTENDS VOS RÉCITS SUR LE CHRIST... EST-CE UN BLASPHÈME QUE DE PENSER QU'IL FUT UN GRAND DRUIDE ?
UN DRUIDE ?! IDÉE AUDACIEUSE !
UN TRÈS GRAND DRUIDE ALORS ! LEUR MAÎTRE À TOUS, SI JE PUIS DIRE !
SACHE QU'IL N'Y A PAS DE BLASPHÈME À S'INTERROGER, MON GARÇON ! IL EST NATUREL DE RAMENER L'INCONNU À CE QUE L'ON CONNAIT ! AINSI L'ON COMPREND PLUS FACILEMENT CES GRANDS MYSTÈRES QUE NOUS LIVRE DIEU !
LA PÊCHE MIRACULEUSE ! L'EAU CHANGÉE EN VIN ! POURQUOI PAS, APRÈS TOUT ? JÉSUS EXERÇAIT LÀ DES TALENTS COMPARABLES À CEUX DES DRUIDES !
MAIS N'OUBLIE JAMAIS QUE CHACUN DE SES GESTES NOUS ENSEIGNAIT L'AMOUR ET LE RESPECT DE DIEU POUR L'HOMME ET DE L'HOMME POUR DIEU !
WWAAAHH!!
HI ! HI ! HI !
MAINTENANT, EMBRASSE TA MÈRE ET FILE TE COUCHER !
BONNE NUIT, MON PÈRE !
BONNE NUIT, PETIT !
MERLIN FAIT DES PROGRÈS CONSIDÉRABLES ! SON DESTIN EST DÉSORMAIS EN MARCHE ! À LA SAISON DES TRÈFLES, IL FAUDRA QU'IL SE MÊLE AUX HOMMES !
N'EST-CE POINT TROP DANGEREUX ?
SA DESTINÉE NE PEUT S'ACCOMPLIR QUE DANS LE DANGER, MAËLLE !
IL EST SI JEUNE !
...MAIS PLUS MÛR QUE LE COMMUN DES MORTELS !

ISTIN

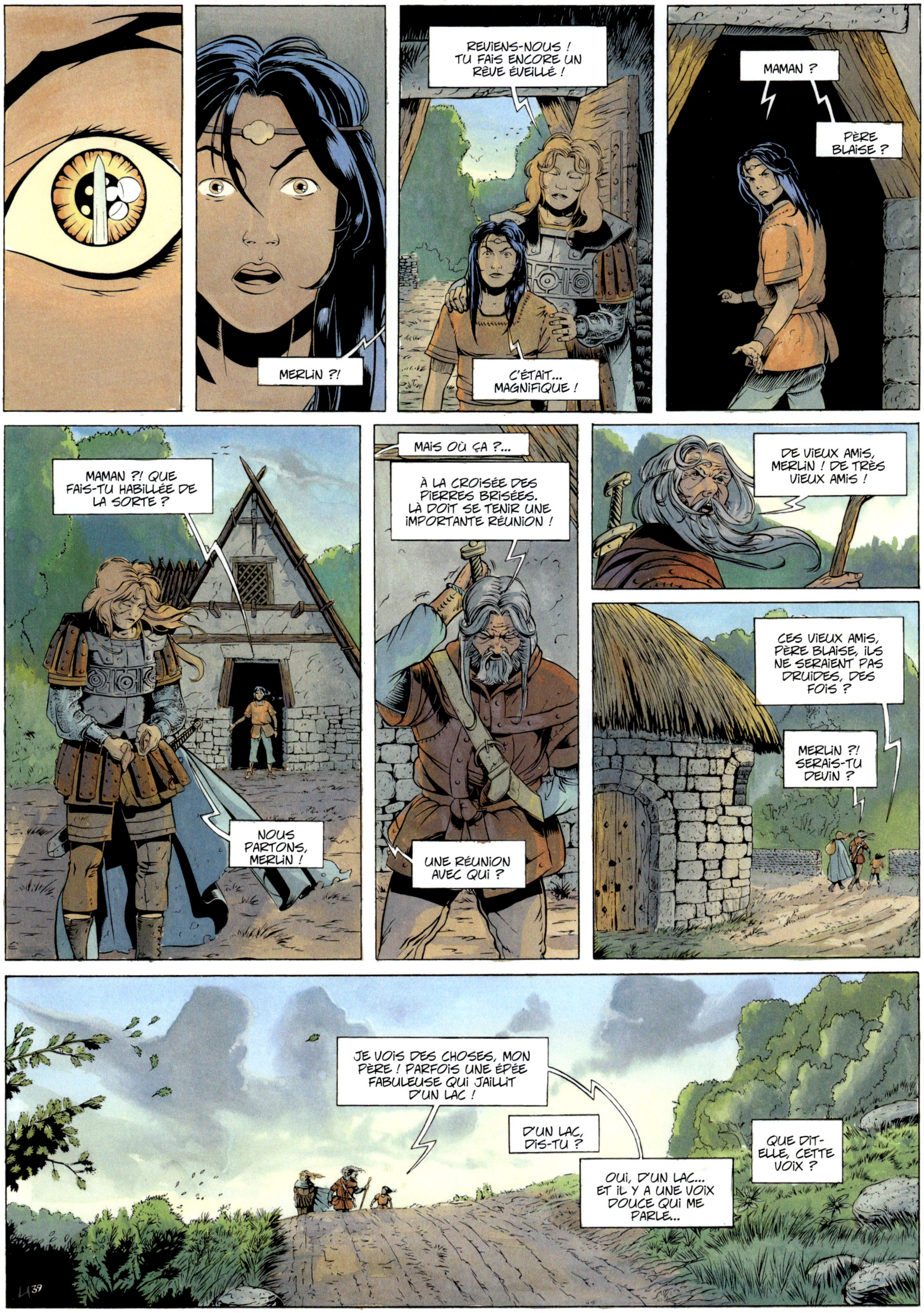
MERLIN ?!
REVIENS-NOUS ! TU FAIS ENCORE UN RÊVE ÉVEILLÉ !
C'ÉTAIT... MAGNIFIQUE !
MAMAN ?
PÈRE BLAISE ?
MAMAN ?! QUE FAIS-TU HABILLÉE DE LA SORTE ?
NOUS PARTONS, MERLIN !
MAIS OÙ ÇA ?...
À LA CROISÉE DES PIERRES BRISÉES. LÀ DOIT SE TENIR UNE IMPORTANTE RÉUNION !
UNE RÉUNION AVEC QUI ?
DE VIEUX AMIS, MERLIN ! DE TRÈS VIEUX AMIS !
CES VIEUX AMIS, PÈRE BLAISE, ILS NE SERAIENT PAS DRUIDES, DES FOIS ?
MERLIN ?! SERAIS-TU DEVIN ?
JE VOIS DES CHOSES, MON PÈRE ! PARFOIS UNE ÉPÉE FABULEUSE QUI JAILLIT D'UN LAC !
D'UN LAC, DIS-TU ?
OUI, D'UN LAC... ET IL Y A UNE VOIX DOUCE QUI ME PARLE...
QUE DIT-ELLE, CETTE VOIX ?

À VRAI DIRE, JE L'IGNORE ! JE NE PARVIENS JAMAIS À M'EN SOUVENIR !
TON ESPRIT S'ÉVEILLE, MON GARÇON ! TON INITIATION N'EST PAS ENCORE ACHEVÉE !
MON PÈRE ?
OUI...
SERAI-JE ROI UN JOUR ?
QUI SAIT ?
MON PÈRE ?
QUOI ENCORE ?
J'AI SOIF...
TIENS, PRENDS CETTE GOURDE.
...DÉPÊCHE-TOI, LE TEMPS PRESSE...
?
BON SANG !
MON PÈRE !! J'AI CRU VOIR QUELQUE CHOSE !
SANS DOUTE UN CRAPAUD QUE TU AURAS EFFRAYÉ !!
JE SUIS CERTAIN QUE NON !
ALLONS, VIENS ! IL FAUT TRAVERSER CES MARÉCAGES ET GAGNER L'AUTRE RIVE !
...JE SENS UNE PRÉSENCE !

MÉFIEZ-VOUS ! LE TRONC DE CET ARBRE EST TRÈS GLISSANT !
QUEL ENDROIT HIDEUX ! QUEL EST SON NOM ?
LE MARAIS DE L'OUBLI, MA CHÈRE MAËLLE !
HEY !!
OUCH !
MON PÈRE ! MAMAN ! À L'AIDE !
TIENS BON, MERLIN, JE VAIS TE...
...HISSER...
MAËLLE ! SERRE-LE FORT, DE TOUTES TES FORCES !
MAIS QU'EST-CE QUE C'EST ?...
ELLE S'AGRIPPE À MA CHEVILLE ! AAAHHH !!!
JE N'EN PEUX PLUS ! MES MAINS GLISSENT ! JE VAIS LÂCHER !
PÈRE BLAISE !
AAAA
SCHLAK !!

OÙ A BIEN PU SE CACHER CE MONSTRE ?
QU... ?
VIENS ! APPROCHE, DÉMON DES MARAIS !
VIENS TÂTER DE MON GLAIVE !
WARRRG !
SWOORF !
AAAH !
PÈRE BLAISE ! C'ÉTAIT MAGNIFIQUE ! ENSEIGNEZ-MOI LE COMBAT SUR-LE-CHAMP.
PREMIÈRE LEÇON : PATIENCE, PETIT !
NE CÈDE JAMAIS AUX PASSIONS !
PATIENCE...

LA CROISÉE DES PIERRES BRISÉES ! LE LIEU SACRÉ ENTRE TOUS !
OÙ, DIT-ON, LES PIERRES CHUCHOTENT À VOS OREILLES UN CHANT ROCAILLEUX ISSU DES ÂGES OÙ L'HOMME NE FOULAIT PAS ENCRE CETTE TERRE...
...NOUS RAPPELANT À QUEL POINT IL FAUT RESTER HUMBLE FACE À CE QUI NOUS A PRÉCÉDÉS ET NOUS SURVIVRA...
NE SOMMES-NOUS PAS DE PASSAGE EN CE MONDE ?

FRÈRES ! AU NOM DU GRAND RÉDEMPTEUR, JE VOUS SALUE !
...
HUM ! HUM !
MMM...
MES SALUTATIONS SEMBLENT VOUS DÉPLAIRE ! ERWAN ?
KOF ! KOF ! FRÈRE BLAISE !
CE LIEU EST SACRÉ ! OR TU AS INVOQUÉ UN DIEU QUI N'A PAS SA PLACE ICI !
POURQUOI ?
PARCE QUE MA PRÉSENCE POSSÈDE SA PROPRE SIGNIFICATION ! MAIS TROP DE TEMPS S'EST ÉCOULÉ !
OUI... TELLEMENT DE TEMPS QUE VOUS AVEZ OUBLIÉ LA RAISON DE CETTE RÉUNION !
NOUS N'AVONS PAS OUBLIÉ, FRÈRE BLAISE ! MAIS POURQUOI INVOQUER LE GRAND RÉDEMPTEUR ?
NE SUIS-JE PAS ICI POUR VOUS INSTRUIRE ?
BIEN ! ALORS INSTRUIS-NOUS ! NOUS T'ÉCOUTONS !
DEPUIS LA NUIT DES TEMPS, NE CHERCHONS-NOUS PAS LA CONNAISSANCE AFIN D'APPRENDRE LA VÉRITÉ SUR TOUTE CHOSE ?
OUI, FRÈRE BLAISE !

JE VOUS LE DEMANDE, COMMENT POURRIONS-NOUS NE PAS VOIR LA VÉRITÉ ALORS QU'ELLE EST CHANTÉE DANS TOUT LE PAYS ET AU-DELÀ ?
DE QUELLE VÉRITÉ PARLES-TU ?
DE L'UNIQUE VÉRITÉ !
CELLE QUI S'EST RÉVÉLÉE AU MONDE ET NOUS LIVRE LA CONNAISSANCE !
QUELLE EST-ELLE ?
JÉSUS-CHRIST, MES FRÈRES !!!
FRÈRE BLAISE, LES PRÊTRES DU CHRIST NOUS RIDICULISENT CONSTAMMENT !
IL N'ONT AUCUN RESPECT POUR L'ANCIENNE TRADITION !
IL EST VRAI QU'ILS SE COMPORTENT BIEN MAL ET QU'ILS SERVENT BIEN MAL LEUR SEIGNEUR !
MAIS CE N'EST PAS PARCE QUE LA VÉRITÉ EST MAL SERVIE QU'ELLE N'EST PAS LA VÉRITÉ !
BIEN AU CONTRAIRE, LÀ RÉSIDE NOTRE DEVOIR ! MONTRER CETTE LUMIÈRE AU MONDE ET COMBATTRE SON ENNEMI : LES TÉNÈBRES !

COMBATTRE LES TÉNÈBRES EST UN VASTE PROJET ! COMMENT COMPTES-TU T'Y PRENDRE, MON FRÈRE ?
MOI-MÊME JE NE SUIS RIEN ! JE N'AI QUE MA VIE À DONNER. ET POUR COMBATTRE LE MAL, JE SUIS PRÊT À LA DONNER !
TOUTEFOIS, IL Y A PARMI NOUS UN ÊTRE CAPABLE DE FAIRE PLIER LES TÉNÈBRES ELLES-MÊMES !
NOMME-LE !
MERLIN ! FILS D'UNE VIERGE ET D'UN ESPRIT DES AIRS !!
VOYONS ! CE N'EST QU'UN ENFANT !
VA AU CENTRE DU CERCLE, MON PETIT !
TU ABUSES DE NOTRE PATIENCE, FRÈRE BLAISE !
NE LES ÉCOUTE PAS ! MARCHE VERS LE CENTRE !
QUELLES PREUVES QUE CES DÉCLARATIONS SONT VRAIES ?
MAIS... MON PÈRE !!
AVANCE !!!

ENTRE DANS LE CERCLE !
MONTRE-LEUR, MERLIN !
MAIS QUOI ? QUE VEUT-IL QUE JE FASSE ?
VOILÀ... J'Y SUIS !
OOOH...
C'EST ÉTRANGE !... JE RESSENS... UNE PUISSANTE ÉNERGIE !
UN COURANT ASCENDANT, UNE ACCÉLÉRATION DES VENTS !
JE ME SENS UNI À CETTE FORCE !
NOUS NE FAISONS QU'UN !
ET JE VOUS LE DEMANDE, MES FRÈRES !...

...COMMENT EST-CE POSSIBLE ?
CELA EST POSSIBLE CAR IL EST L'OEIL DU JOUR, ILYGAD Y DIDD !! VOTRE MAITRE À TOUS...

...MERLIN !